KB099379

모음들이 쏟아진다

모음들이 쏟아진다

정 재 학 시 집

창비

나의 두개의 국적 정인환, 한차녀 두분께

차 례

제1부

제2부

제3부

제4부

제1부

죽음에 가까운 색들, 부조리처럼 순수한

모노크롬, 레드

물고기를 좋아하는 그녀를 위해 생선이 되어볼까
갈기갈기 찢어져서 그녀에게 들어가볼까

서로의 잇몸과 혀를 뜯어 먹는 광경

태양과 키스한 후의 나는
나일 수 있는가

불규칙한 월식,
지옥의 문이라고 해도 이미 늦었다

반도네온이 쏟아낸 블루

항구의 여름, 반도네온이 파란 바람을 흘리고 있었다 홍수에 떠내려간 길을 찾는다 길이 있던 곳에는 버드나무 하나 푸른 선율에 흔들리며 서 있었다 버들을 안자 가늘고 어여쁜 가지들이 나를 감싼다 그녀의 이빨들이 출렁이다가 내 두 눈에 녹아 흐른다 내 몸에서 가장 하얗게 빛나는 그곳에 모음(母音)들이 쏟아진다 어린 버드나무인 줄 알았는데 이렇게 깊은 바다였다니… 나는 그녀의 어디쯤 잠기고 있는 것일까 깊이를 알 수 없이 짙은 코발트블루, 수많은 글자들이 가득한 바다, 나는 한번에 모든 자음(子音)이 될 순 없었다 부끄러웠다 죽어서도 그녀의 밑바닥에 다다르지 못한 채 유랑할 것이다 그녀의 목소리가 반도네온의 풍성한 화음처럼 퍼지면서 겹쳐진다 파란 바람이 불었다 파란 냄새가 난다 버드나무 한그루 내 이마를 쓰다듬고 있었다

모노포니*

모든 색깔을 잃고 나는 물이 되어 네게로 흐르고 있었다 난 하나의 벽이기도 했고 눈동자이기도 했고 수화기이기도 했고 손가락이기도 했고 넌 한뼘이기도 했고 틈새이기도 했고 오후이기도 했고 입구이자 출구이기도 했고 잠시라도 네게 고여 있기 위해 소나기처럼 잠이 든다 너의 그림자가 되어

아무 증명도 필요 없었다
비에 젖은 우산처럼

숨을 길게 내쉬다가 나는 그만 다시 흐르기 시작하고 너에게 가는 길은 모두 건반이 되고 너는 한 음 한 음 정성껏 연주한다 잠시라도 네게 고여 있고 싶었지만 낮은 음으로 너무도 빨리 흘러 너는 먼발치에 있었고 네가 누르는 높은 음역이 들리지 않을 정도로 멀어졌을 때 나는 더이상 흐르지 못했다 내 몸은 증발하기 시작하고

너는 나의 모든 음을 듣지 못하고

나도 나의 음을 더이상 듣지 못하고

* monophony, 화성이 없는 단선율의 음악.

캐코포니*

붉은 벽돌로 지어진 오래된 목욕탕에 들어갔다 수증기가 가득해서 얼굴들이 보이질 않았다 김이 서린 창문에서 한줄기 빛이 나를 향했다 눈이 부셔 축축한 벽에 기대어 앉았다 어린아이들의 떠드는 소리에 수증기가 걷혔다 아이들이 머리에서 물을 뚝뚝 흘리며 내 앞에 정렬하여 앉아 있었다 내 바로 앞에 앉아 있는 아이는 손가락을 물어뜯고 있었고 몇몇 아이들은 미동도 없이 인형처럼 가만히 있었다 마음껏 숨을 쉬어도 괜찮단다 얘들아 이곳의 공기는 안전해 아이들 곁에 가서 머리를 쓰다듬었다 연필을 빨지 말라고 했잖니 이 게임은 너무 지겨워요 내 눈에서 지지직 소리가 났다 그런데 다들 교과서를 가지고 오지 않았구나 교과서가 없어도 괜찮다 내 설명만 잘 들으면 돼 맨 앞에 앉아 있는 아이의 손가락에서 피가 흐르고 있었지만 물어뜯기를 멈추지 않았다 아이의 입에서 손가락을 억지로 떼어내려는데 삐익, 날카로운 기계음이 들렸다 탕 속의 물에 얼굴을 비추어보았다 모니터가 내 몸통 위에 달려 있었다 아이들이 내 얼굴을 보고 다시 게임을 시작한다 1교시가 끝나도 다시 1교시였다

* cacophony, 불협화음.

부당한 거래

햇빛이 교실의 칠판을 절반 정도 뒤덮은 아침이었다. 내 앞자리의 K가 검은 구두를 가져와서 나에게 사라고 했다. 삼촌 것이었는데 크기가 맞지 않아 한두번밖에 신지 않았다고 했다. 죽은 사람이 다리 위에 벗어놓은 구두는 아닐까? 훔친 구두는 아닐까? 이렇게 말할 수는 없어 혹시 주운 구두는 아니냐고 물었더니 진짜 아니라고 하였다. 나는 구두 값을 깎고 있었는데 한 아이가 그 구두를 보고는 오천원을 더 줄 테니 자기에게 팔라고 하였다. 하지만 K는 단칼에 거절하며 내가 아니면 팔지 않겠다고 우겼다. 쟤한테 팔면 더 받을 수 있는데 왜 굳이 나에게 팔고 싶어하느냐고 묻자, 흐트러짐 없는 눈동자로 "이 구두는 너에게 가장 잘 어울리기 때문이야. 너에게 꼭 팔고 싶어"라고 대답했다. 결국 K가 부른 가격보다 싸게 구두를 샀다. 날이 갈수록 내 발이 작아지더니 점점 몸도 작아져 구두 속에 갇히게 되었다. 이리저리 굴러다니는 구두 속에서 나는 소멸하고 있었고 K는 다시 구두를 집어 장사를 시작했다.

공모(共謀)

죽은 지 이틀 만에 시체에서 머리카락이 갈대만큼 자라 있었다 나와 그림자들은 시체를 자루에 싸서 조심조심 옮겼다 그림자 하나가 울컥했다 죽이려고까지 했던 건 아닌데… 나머지 그림자들이 그를 달랬다 그러지 않았다면 네가 죽었을 거야 차 트렁크 열고 시동 좀 걸어놔 간신히 1층까지 왔는데 아파트 현관 앞에 순찰 중인 경찰이 보였다 이게 무엇입니까? 하필이면 자루가 찢어져 시체의 멍든 허벅지 살이 드러났다 하하 이건 고구마입니다 우리는 서둘러 트렁크에 실으려 했다 한번 확인해봐도 되겠습니까? 그림자 하나가 칼이 든 주머니에 손을 넣었다 옆의 그림자가 그의 팔을 잡았다 네 그렇게 하시지요 우리는 자루를 펴 보였다 자루 안에는 지푸라기와 고구마가 가득했다 경찰관과 우리는 미소를 지었다 고구마 하나가 김이 모락모락 났다 방금 찐 고구마인데 하나 드셔보시겠습니까? 그럴까요 네 고맙습니다 경찰관이 고구마를 한입 물자 썩은 피가 뿜어져나왔다

카프카적인 퇴근

오늘은 너무 많은 사람을 만나서 피곤한 하루였다 일이 많은 것보다 사람들과 부대끼는 게 더 힘이 든다 간신히 퇴근하여 버스에 오른다 뒤편에서 우리 가족들이 식사를 하고 있었다 잘 왔다 마침 수의사가 너를 수술하러 왔구나 가족들은 낯선 승객들과 섞여 있었지만 그들을 전혀 의식하지 않았다 집이 계속 덜컹거렸다 승객들은 인형처럼 똑같이 흔들렸다 어제 수의사에게 명치 부분이 아프다고 얘기했지만 이렇게 연락도 없이 빨리 올 줄은 몰랐다 그는 나를 뒷좌석에 눕히고 가슴을 절개한다 내 허파가 숨 쉬고 있는 것이 보였다 집이 덜컹거린 탓인지 메스로 허파의 일부를 손상시켰다 그는 미간을 찌푸리며 폐활량이 많이 떨어졌다고 했다 수술을 하던 그는 전화를 받더니 다음 정류장에서 내린다 나는 가슴이 열린 채로 따라 내렸다 길 옆 담벼락에 무수히 많은 주사기가 박혀 있었다 나는 개가 되어 짖으며 달렸다 땅바닥에 흘린 선명한 핏자국이 지나온 길을 증명했다 나는 파편이 되어 날리고 있었다

흑판

수업 중 판서를 하다가 갑자기 뭔가 물컹하더니 손이 칠판 속으로 들어가버렸다. 몸의 절반이 들어갔을 때 "선생님! 새가 유리에 부딪쳐 떨어졌어요!"라고 외치는 소리가 들렸다. 뒤돌아보고 싶었으나 몸을 움직일 수 없었고 물에 빠지듯 흑판에 빨려들어갔다. 칠판 속으로 들어가니 건너편 교실에서 중학교 교복을 입고 앉아 있는 내 모습이 보였다. 나는 짝과 떠들다가 생물 선생님에게 걸려서 철 필통으로 뺨을 맞았다. 맞을 때마다 샤프가 흔들려 덜그럭거렸다. 아이들이 웃었다. 뺨보다 그 쇳소리가 더 아파왔다. 나는 자리로 돌아가 교문 밖의 고양이를 멍하니 바라보았다. 아이들이 "종속과목강문계!"를 외치는 소리를 들으며 다시 칠판을 건너오자 교실에 아이들은 없고 유리창 여기저기 검붉은 핏자국만 가득하다.

흑판 2*

아파트 담벼락에 그려진 나뭇가지에 새가 앉아 있다. 그림인가 싶어 만지려 하자, 새는 날아가버리고 그만 길을 잃고 만다. 죽은 도시처럼 사람들이 보이지 않았다. 건물, 간판, 길, 하늘… 거리의 모든 것이 책받침처럼 납작해 보였다. 어느 건물에서 관이 나오는 것이 보였다. 그 건물에 들어서자 양복을 입은 반백의 중년 남자가 나를 인도한다.

—선생님, 늦게 오셨군요. 지금이라도 오셔서 다행입니다.

2층 구석의 사무실에 들어가니 칠판과 의자들이 있었다. 칠판에는 **'마너오 재로챠 재눌챱'**이라고 씌어 있었다.

—이게 무슨 뜻인지 말씀해보십시오.

—모르겠습니다.

그의 미간이 일그러진다.

—하하, 이걸 모르시다니요. 정 선생님이 수업 중 많이 하신 말씀인데… 다시 한번 기회를 드리겠습니다.

—조금만 시간을 주시면… 아, 정치과정으로서의 민주주의인가요?

잠시 침묵하더니 내 눈을 노려보며 말했다.

—틀렸습니다.

다시 칠판에 '**밫호 렵쳐 듀됴쥬쳐**'라고 쓴다.

—이건 무슨 뜻인지 말씀해보세요.

—모르겠습니다.

—선생님은 낙제입니다. 다음 주에 다시 오시기 바랍니다.

*잉마르 베리만 감독의 영화 「산딸기」의 몇몇 장면을 왜곡, 변형함.

흑판 3

판서를 할 때 가끔 칠판에 비친 아이들의 얼굴에
씌어진 글자들이 보일 때가 있다.

—우리는 나쁜 친구를 사귀지 말라는 교육만 받았지,
그 친구를 올바르게 이끌어주라는 교육은 받지 못했다.

돌아보면,
아이들의 얼굴이 쓱싹쓱싹 지워지고 있다.

흑판 4

아이들이 거대한 무지개에 오른다. 장밋빛을 향하여 먼저 올라가기 위해 안간힘을 쓴다. 주황색도 보라색도 모두 아름다웠으나 아무도 그것을 가르쳐주지 않았다. 장미꽃에 가시가 이빨인 입이 돋아 있다. 서로 물어뜯는 온갖 색깔의 장미들이 우글거렸다. 때때로 눈동자가 하얀 아이들이 무지개에서 떨어져 스스로 장밋빛이 되기도 했다. 한 아이가 묻는다. "저곳에는 대체 무엇이 있는 거죠?" 아무 대답도 하지 못한다. 무지개의 정상에 오르면 무지개는 사라지고 흑판만이 남는다. 흑판 뒤에는 다른 흑판이, 그 뒤에 또다른 거대한 흑판이 모든 색을 집어삼키고 있다.

흑판 5

주렁주렁 사과가 열린 나무

먼저 따 먹히는 사과

스스로 떨어져 썩는 사과

땅바닥의 일부가 되어버린 사과

모두들 바라만 보거나 다른 데를 보고 있었다

사과를 주워들었을 때 구더기가 우글거렸다

사과는 더이상 사과가 아니었다

나무도 더이상 나무가 아니었다

흑판 6*

여러분 오늘 함께 공부할 것은 식물들의 관계에 대한 것입니다. 화단에 있는 잔디를 살펴보니 유독 큰 나무 주위에는 잔디가 자라지 않더군요. 식물들이 서로의 영역을 확보하기 위해 경쟁을 하는 것일까요? 칠판을 봅시다. 주제를 같이 읽어보죠. 3개월 뒤에 보고서를 제출해야 합니다. 수행평가 10점에 해당하고 상대평가로 채점됩니다. A+는 학급당 세명입니다.

♣ 주제 : 식물들도 서로 경쟁을 할까?

* **탐구 기간** : 3개월
* **탐구 장소** : 햇볕이 잘 드는 베란다 혹은 마당
* **준비물** : 고추 모종, 토마토 모종, 비옥토, 화분, 모종삽, 필기도구, 자

♣ 이렇게 탐구해요!

① 고추 모종과 토마토 모종을 준비한다.

② 고추 모종은 한개씩 세개의 화분에 심는다.

③ 토마토 모종도 한개씩 세개의 화분에 심는다.

④ 고추 모종 두개를 한개의 화분에 심는다.

⑤ 토마토 모종 두개를 한개의 화분에 심는다.

⑥ 고추와 토마토 모종을 한개씩 한개의 화분에 심는다.

⑦ 날마다 다섯종류의 화분에서의 자람을 기록한다.

⑧ 각 모종의 키와 잎의 수를 표와 그래프로 그려 변화량을 관찰하고, 자람을 분석한다.

♣ 이건 꼭 알아야 해요!

—식물에게는 뿌리나 잎줄기에 해로운 화학물질을 분비하여 이웃하는 식물의 생장, 번식을 억제하는 알레로파시라는 현상이 발생한다. 소나무 뿌리는 갈로탄닌이라는 타감 물질을 분비하여 소나무 아래에는 다른 식물이 거의 살지 못한다.

♣ 더 생각해보아요!

—서로 협력하면서 자라는 식물은 어떤 것이 있을까요?

—함께 심으면 안되는 식물은 무엇이 있을까요?

—여러분은 친구들에게 어떤 종류의 식물과 같나요?

* 양일호 『한 권으로 끝내는 초등과학 자유탐구 (3~6학년)』 중 한 주제를 응용함.

흑판 7

철도 옆 가건물에 우리는 모여 있었어. 게임을 하며 놀았지. 장래 희망이 없는 나에게 담탱이는 꿈을 가져야 한다고 닦달해. 어쩔 수 없는 꼰대 같으니. 꿈이 없으면 뭐 어때서? 어려서 장난감도 많고 베토벤, 쇼팽도 많이 들었던 아이들은 좋아하는 것들도 쉽게 구별해. 가진 게 없었던 아이들은 더 시간이 필요할 수밖에 없어. 철도 옆 가건물에 우리는 모여 있었어. 돌을 던지며 놀았지. 학교에서는 하면 안되는 게 너무 많아. 내 뇌와 콩팥까지 감시하려 든다니까. 대체 우리가 얼마나 더 죽어야 어른들이 정신 차릴까. 일진에게 빰이나 맞고 난 학교에서 있으나 마나 해. 죽고 싶지만 엄마 때문에 참고 있어. 아빠가 회사에서 잘렸어. 엄마는 자궁암으로 하혈을 해도 생리대 세개를 차고 편의점 알바를 하고 있어. 철도 옆 가건물에 우리는 모여 있었어. 곧 허물어질 우리 집도 그 옆에 있었지. 우리는 훔친 오토바이를 타고 돌아다녔어. 기름이 떨어져 멀리 가진 못했지만. 난 학교로 돌아가지 않을 거야. 새로 산 패딩 뺏기고 담배나 바치고 빵셔틀이나 하면서 지낼 수는 없어. 복싱 체육관이라도 다녀야겠어. 언젠가 그 개

새끼 죽여버릴 거야. 내 광대뼈가 부서지더라도 한판 떠야겠어. 철도 옆 가건물에 나는 서 있어. 나는 철도를 옮길 거야. 나의 기차가 오기 전에.

제2부

내 펜이 악기다

여덟개의 악기가 뒤섞인 크로스오버적인 방의 공기 알갱이를 흡입한 기록들

1. 아코디언

녹아 흐르는 몇개의 음들
사이로 집시 아이들이
슬픈 멜로디에도 춤을 춘다

집시의 손가락 끝에서 흐르는
붉은 강물

흩어지며 지평선으로 집중된다

2. 피아노

열개의 손톱이 잠들어도
빛이 사라지지 않는다

백야와 열대야를 동시에 질주하는

작은 열차

모든 역마다 키스하는 소리가 울렸다

3. 트럼펫

철의 입술, 나팔꽃
두개의 아가리

구름 먹은 내 두 눈으로
오래된 우표들이 날아들고

노란 숨소리, 내 눈동자에 콜록콜록 맺힌다

4. 기타

한 여자가 연주되자
내 몸통에 구멍이 뚫리고
그녀의 머리카락만큼 풍성한
갈색 바람이 불었다

꼭 절정이 없어도 상관없었다

5. 풍금

어린 음들 가슴까지 차오르고
무디게 느리게 걷는다
나는 점점 땅속으로 잠기고
나무가 되어갔다

하늘에는 물먹은 털실 뭉치 같은

달 몇개 떠오르고
바람 부는 새벽은 며칠 동안 계속되었다

달마다 푸른 물이 뚝뚝 떨어졌다

6. 첼로

무거운 음들
심장을 베어나간다

비로소 공기의 알갱이가 되어
숨을 쉴 수 있었다

핏물이 고여 빠져나가지 못했다

7. 콘트라베이스

音階, 音界
가장 낮은 곳으로

둔탁하고 평화로운 연못
응고된 아침

구겨진 눈동자
서서히 부풀어오른다

8. 아쟁

초승달이 흘리는 일곱 줄을 건드리자

내 손은 개나리 가지가 된다

현(絃)에 배어 있는 낮고 거친 음을 만져본다

노파의 눈물

흩어진 음들 모이더니 울림통을 뚫고

진양조장단의 술로 쏟아진다

어느 귀인을 위한 환상곡

Etude no. 1

기타 소리에 취해 잘못 든 길에서
쓰다 만 시를 찾고 있었다
수명이 끝나가는 형광등처럼
낮과 밤이 깜박거렸다
로드리고*의 음표들이 반짝였다

구름 낀 눈동자로 누워 있는 나에게
눈먼 작곡가의 무거운 이마가 떨어진다
가보지도 못한 아란후에스의 거리에서

* 호아낀 로드리고(Joaquín Rodrigo, 1901~1999), 스페인의 작곡가. 3세 때 실명. 기타를 위한 최초의 오케스트라 협주곡 「아란후에스 협주곡」을 비롯하여, 가스빠르 싼스의 무곡에서 영향을 받은 「어느 귀인을 위한 환상곡」 등을 남겼다. 그의 '귀인'은 싼스였지만, 나는 이 시를 로드리고에게, 정확하게는 로드리고의 음악에, 그 음악의 이미지에 바친다.

Etude no. 2

나는 하나뿐인 바퀴가 되어
아무것도 싣지 못하고
종일 바람에 취해 굴러다녔다

안달루시아의 개가
나와 함께 뛰었다

눈동자 없는 말들이
우리를 추격했다

새소리가 나서 뒤를 돌아봤더니
벚꽃이 피어 있었다

Etude no. 3

낯선 바람이 불었다
붉은 냄새가 나는 바람이라니

나는 풍금이 되어 길의 속살을 만지며 흐른다
로르까가 걸었을 이 거리는 지금도
집시의 심장처럼 뜨겁고
처녀 땀 내음 배어 있는 홑이불이
플라멩꼬처럼 펄럭인다
따스하게 마른 빨래들 사이로
아이들은 자그마한 몸을 숨기며 뛰어다니고

돌 하나 주워 음악을 들어본다
그라나다 그라나다
이곳은 지명이 음악이다

내 몸통은 조율 안된 악기,

바람에 돌들이 덜그럭거리고
악보에 그릴 수 없는 음들만 가득한

모든 음이란 있을 수 없다

Etude no. 4

내가 던진 담뱃불에 그녀가 불타고
대성당이 불타고
하얀 마을이 불타고
빨갛게 달구어진 구름이 폭발한다

태양에 가까워진 들판에서
발기한 해바라기들 사이로
불타고 있는 물고기가 헤엄쳐 지나간다

Etude no. 5

여인숙 방에 나비떼가 몰려와
서로 몸을 부비며 날개를 떨어뜨린다

나는 질질 새다가
비가 되어 내린다
추락에 익숙해진다

난 그녀의 무릎을 망쳤다
이제 잠시 기차 소리 속으로 들어가 숨을 쉴 것이다

기차 소리에 이르기 위해
종이에 또 손을 베이고 말았다

Etude no. 6

쥐들이 내 머리카락을 물고 나를 절벽으로 옮긴다
박쥐들이 하늘을 뒤덮는다

밤에는 그림자가 보이지 않는다
내 그림자는 어디에 가 있는 것일까?

별이 빛나고 있었지만
별이라는 확신이 없었다

트럼펫 소리가 울려퍼지자
플라스틱 새 한마리
밤의 커튼을 걷으며 날아오른다

짧은 토카타(toccata) 속에서
나는 절벽에 매달린 새벽이 되었다

Etude no. 7

퇴역군인처럼 느린 걸음으로
태엽시계처럼 가다 서다 가다 서다,

사막보다 더 사막인 너를 지났으니
구두 굽을 갈 때가 되었다

흐린 눈,
능력의 한계는
전망의 한계

언제인가부터 내가 없는 사진이 편하다

나는 나의 뒤에 있다

Etude no. 8

햇살 사이로
비 내린다

비 사이로
눈 내린다

환상,
그리고 다시 환상

민둥머리 아이가 걸어간다

꽃이 피다가 멈췄다

Etude no. 9

문이 불타고 있었다
아무도 들어올 수 없었다

문에 박힌 눈동자들에서 모래바람이 불었다

찰나,
백년씩 빠져나간다

아침과 인사하는 것이 허락되지 않았다

비슈누는 세걸음에 우주를 건넜고
달이 달을 낳고 있었다

꿈과 꿈 사이
바람이 만든 음악과 함께 기억한다

Etude no. 10

물이 창조되는 시간
발목에 뱀을 감은 어여쁜 무희들이 태어난다

메루산을 휘감으며
타일처럼 빛나는 뱀의 가죽
육억명의 압사라들이 수면에 내려와 발자국을 내려놓는다

모래가 되어가는 꽃
물 위에 떠 있는 돌의 사원

돌은 시간
시간은 신앙

우린 결국 바람과 물에 의해 지워질 것이다

Etude no. 11

그녀와 심장이 바뀌었다

혀가 감싸고 있던 말들이 흐너져
짐승의 소리가 들렸다

지독한 우기,
벽을 헤엄쳐 다니는 물고기가
나타났다 사라졌다

흩어진 심장이 깜박깜박했다

나는 이상한 음악이 되었다

죽어 있는 뱀을 만지는 기분이었다

Etude no. 12

새벽에 잠이 깨어 거실에 나가보니
바닥에 새들이 죽어 있었다

벽에 걸린 그림을 통해 들어온 모양이다
그림 속에서 어린 해골이
바닥에 떨어진 깃털을 줍고 있다

해골은 초록색 물감을 마시고
사방으로 쏟아낸다
그는 날개의 날개가 된다

조만간 나는 이 그림을 치료할 것이다

제3부

심장의 성분, 꼴라주

공전

나무 둘레에 나이테를 그리며 돌고 있던 나는
한치도 벗어나지 못하고
늙은 성벽이 되었다

귀소(歸巢)

닭이 깨지면서 계란이 흘러나왔다 아침으로 그것을 마시고 어두운 터널로 출근한다 지하철 실내등에 온기가 없어 양손으로 공기를 단단히 쥐고 있었다 터널 끝이 밝아지면서 사십년간 쌓인 오월의 햇살이 펼쳐졌다 그 시간의 끝, 그 온기에 편안하게 마취되어 누워 있었고 어릴 적 알던 아이 둘이 내 몸을 드나들었다 찍은 적도 없는 옛 사진 몇장이 폐에서 발견되었다 그동안 이것들을 숨 쉬고 있었다 내 몸의 모든 구멍이 닫히고 아이 둘은 돌이 된다 구역질을 하고 열병을 앓았다 분꽃이 다섯번 떨어지고 피어나는 시간이 걸렸지만 병을 스스로 이겨내었다 아무에게도 이 얘기를 하지 않았다 터널을 몇번 더 통과했을 때 어머니 배 속에서 달을 깨뜨려 삼켰다

무성영화 회고전

그녀의 손톱을 열고 들어가 의자에 앉는다 손톱의 뒷면은 넓은 화면이 되고 영사기가 돌아간다 그녀는 은빛 매니큐어를 칠한다 공기가 단단해지고 소리도 멀어진다 영화는 우리가 헤어지는 장면부터 시작한다 우리는 까페를 찾기 위해 한참을 걸었다 소리는 들리지 않았지만 대화가 자막처럼 떠올랐다 테이블마다 촛불이 켜져 있는 까페에 들어가 우리는 마주 보고 앉는다 화면이 적당히 어두워지고 시간은 거꾸로 흐르고 있었다 그녀는 텅 빈 복도에서 화분에 물을 주며 내 이름을 부른다 그녀의 얼굴은 보이지 않고 화분과 그녀의 손목만이 클로즈업된다 창밖의 하늘은 연둣빛으로 물들어 있었다 내 목소리는 그녀에게 전달되지 못한다 그녀는 붉은 매니큐어를 칠한다 시간은 계속 거꾸로 흘러 우리가 처음 만났을 때의 장면이 나온다 우리는 수줍게 함께 걸었다 몇잔의 불투명한 술을 마시고 우리는 내일 만나기로 약속한다 영화는 해피엔드였다 그녀는 검은 인조 손톱을 덧붙인다 내가 들어온 문을 찾을 수 없었다

미시적인 오후

비 내리는 오후, 건널목이 물감처럼 번져 계단으로 흐른다 건널목이 그리는 선율은 그리 복잡하지 않았지만 내 몸에 굴러다니는 금속성 음향과 겹쳐져 이름 모를 나라의 언어처럼 기억하기 어려웠다 계단에 하얀 말이 박힌 채 허우적대고 있었다 얼굴, 다리, 다리, 얼굴, 다리… 앞발의 굽은 거의 닳아 못이 휘어져 있었다 목덜미와 다리에 상처가 깊어 함부로 끌어당길 수도 없었다 그렇게 백마는 계단 속에 잠겨버렸다 죄책감에 흰색이 보일 때마다 손바닥에 구멍이 하나씩 났다 집으로 가는 길에 장난감 카메라를 주웠다 빗줄기 속에서 셔터를 눌러본다 구멍 속에 가보지 못한 낯익은 유적들이 흘러갔다 그곳에 하얀 비가 내리고 있었다

할머니 신발 내놔라, 죄받는다

할머니 구두 두켤레를 정성껏 빠신다 가죽을 물로 빨면 어떡해요 이래야 깨끗해져 친구가 왔다 간 후 할머니 하루 종일 신발을 찾으신다 네 친구가 신고 가는 거 다 봤다 텔레비로 다 봤어 내 신발 가져오라고 얘기해라 안 그러면 죄받는다 한참 찾다가 장롱 밑에 가지런히 놓여 있는 두켤레의 구두를 발견했다 여기 있잖아요! 이거 말고 또 있어 내 신발! 친구에게 전화를 했다 너는 왜 우리 할머니 신발을 가져가고 그러냐 너 죄받는다 당장 가져와라 이놈아! 할머니 구두를 하나 가져와서는 신발 찾았다고 하신다 어미가 내 걸 신고 갔었어 이건 어머니 신이잖아요 할머니 못 들으신다 못 들은 척하신다 어쨌든 그 신이 집에 있는 한 할머니 신발은 세켤레다 다행이다 사람은 신발을 잃어버리면 아무것도 못한다 할머니 어린아이로 돌아갔다 자궁 속으로 들어갔다 점보다 작게 소멸되었다 내 심장의 일부가 되었다

정재학 밴드

록그룹이 결성되었다. 보컬에 강이진 선생, 퍼스트 기타에 정재학, 쎄컨드 기타에 황봉희 선생, 베이스 기타에 이충근 선생, 드럼에 이재희 선생. 밴드 이름은 호프집에서 다트 게임으로 결정했다. 열번씩 던졌는데 내가 제일 잘 던졌다. 십삼년 만에 녹슨 일렉트릭 기타를 꺼냈다. 온갖 아르바이트를 하며 샀던 내 노란 중고 기타, 이펙터, 앰프, 케이블 뭐 하나 녹슬지 않은 것이 없다. 쇠는 오래되면 이렇게까지 녹이 스는구나. 아무리 닦아도 녹이 없어지지 않는다. 그사이 내 손가락은 더욱 녹슬었다. 그래도 그 손가락으로 매일매일 연습한다. 시월 학교 축제 때 제자들 앞에서 공연을 한다. 그런데 일상어로 쓰는데도 이렇게 영어가 많이 들어가는구나. 그래도 정재학 밴드 멤버들의 이름은 영어가 아니다.

재즈의 맛

밤이면 허름한 재즈 까페들을 돌며 연주한 지 십육년째. 난 오늘도 콘트라베이스를 애인 대신 안는다. 피아노를 시작으로 트리오 연주를 시작한다. 오늘따라 드럼이 조금 절기는 하지만 최근에 저만한 드러머도 없다. 요즘은 찰리 헤이든의 곡을 자주 연주한다. 그냥 마음이 편해진다. 삼십명 정도의 관객 중 다섯명만 집중해서 듣고 있으며 여덟명은 만취되어 떠들고 있다. 가장 진부한 악기들로 가장 진보한 형태의 음악을 보여주고 있음을 몇명이나 알고 있을까. 모르면 또 어떤가. 이제는 주목받고 싶은 생각도 없어졌다. 그저 연주를 계속할 수 있는 것이 좋다. 휴식시간에 가끔 인사를 건네는 이십여년 만에 보는 중고등학교 동창들이 있다. 우등생이던 네가 왜 여기서 딴따라를 하냐는 질문에 가장 할 말이 없다. 이해시킬 수도 필요도 없다. 허기진 음악을 하며 나는 한때 좌초되어 몇몇 인간들을 흘려버리기도 했다. 내 뇌를 먹고 싶다는 생각이 들 때도 있었으며 새까맣게 타버린 뼈대만 남아 기계처럼 연주하던 시절도 있었다. 그때를 생각하며 나는 오늘도 이 세상에서 가장 낮은 소리들을 연주한다.

이 재즈의 맛.

유리 울타리

버드 파월

방금 「The Glass Enclosure」를 작곡했어. 올해가 1953년이던가. 오늘의 햇살은 커피보다 따스하군. 창문 밖에는 동네 아이들이 야구를 하면서 놀고 있어. 야구 배트만 봐도 소름이 끼쳐. 팔년 전 백인 경찰이 몽둥이로 내 머리를 마구 갈긴 뒤로는 많은 것이 바뀌었어. 그 자식, 손도 때리더군. 난 피아니스트라고 외쳤지만 아무 소용이 없었어. 가끔은 태양이 초록색으로 보인다네. 왜들 아니라고 하는지… 정신병원엔 감시하는 놈들뿐이었어. 전기충격 치료는 정말 끔찍했지. 뉴욕 52번가도 이제 떠나고 싶어. 누군가 나를 죽이려는 것 같아. 아무도 믿을 수가 없어. 주위엔 나를 질투하는 놈들뿐이라고. 술을 마시면 잠시 잠들 수 있어. 가끔은 내가 벌레처럼 작아지고 행인에게 납작하게 짓밟히는 꿈을 꿔. 팔다리 찢겨나갈 새도 없이 몸뚱이에 붙어 있는 채로 순식간에 찍혀버려. 나는 빠리로 갈 거야. 젖과 꿀이 흐르는 이 땅에서도 흑인은 배가 고프지. 빠리에서 거지로 있어도 여기보다는 행복할 것 같아. 「Afternoon in Paris」를 연주하고 싶어. 이 곡을 함께 연주했던 쏘니 스팃이 언젠가 세계 최고의 피아니스트가 그것밖에 안되냐고 비아냥거리길래 한방 먹여줬지. 「All God's Chillun Got Rhythm」으로. 엄지를 치켜올리더군. 그래도 나는 여기를 떠날 거야. 이곳의 재즈가 그립기도 하겠지만 내가 바로 재즈라고. 내가 머무는 곳이 재즈고. 나는 피아노가 지칠 때까지 연주할 거야.

빌리지 뱅가드에서의 일요일

빌 에번스

오늘은 1961년 6월 25일 일요일. 지하 클럽 빌리지 뱅가드에서 녹음을 한다. 1932년 빌리지 페어라는 이름으로 문을 연 이곳은 원래 시인들의 아지트였어. 사회가 시인들을 죽였지. 시를 죽였는지도 모르고. 그게 그거지. 시인들이 사라진 이후 코미디 등 이런저런 공연을 하다 요즘에는 오직 재즈만을 위한 장소가 되었어. 관객이 몇사람 없지만 시작해볼까. 베이시스트 라파로는 내가 다음에 뭘 연주할지 어떻게 꿰뚫고 있는 것일까. 저런 베이스 주자는 본 적이 없어. 나의 피아노와 그의 낮은 음이 깊은 키스를 하고 있다. 라파로와 오래 연주하고 싶어.* 뒤쪽에 앉아 있는 비평가가 미소를 짓고 있구먼. 사람들이 재즈를 지적인 이론으로 분석하려고 할 때 당혹스러워. 느낌으로 연주하고 느낌으로 들어야 해. 청중은 물론 중요하지만 난 청중이 없는 곳에서 연주하는 것이 더욱 좋아. 소통보다는 나를 극복하는 것이 문제였어. 때로 갈채는 나를 산만하게 해. 난 재즈의 개념을 연주할 뿐이야. 난 청중보다는 나 자신에게 이야기해. 어머니가 태어난 러시아에 한번이라도 가보고 싶어. 내 뿌리의 한 부분인 그곳은 어떤 곳일까. 언젠가 투어 할 기회가 있겠지.** 다음 곡은 라파로가 만든 「Jade Visions」야. 이번 곡이 끝나면 매캐한 담배 연기를 뚫고 위스키나 한잔 해야지. 늘 흐린 내 눈이 단 하루라도 맑았으면 좋겠어.

* 베이시스트 스콧 라파로(Scott LaFaro)는 이 공연 열흘 뒤 교통사고로 사망함.

** 1980년 세상을 떠나기 얼마 전 소련 투어가 계획되어 있었지만 소련 군대의 아프가니스탄 개입에 항의하며 투어를 취소함.

때로는 달콤하게, 때로는 부드럽게

에릭 돌피

클래식, 아프리카 음악 중에서 하나 골라볼까. 알토쌕소폰, 플루트, 베이스클라리넷 중에서 무얼 불어볼까. 새나 짐승 소리를 내볼까. 표현할 수 없는 것들을 표현하고 싶어. 쌕소폰 소리에 턱수염이 진동하네. 털모자에 나의 음을 담아 보관해두어야겠어. 모자를 쓰면 즉흥연주를 할 수 있게. 다행히 내 몸은 아프리카 리듬을 간직하고 있어. 모든 음향은 음을 가지고 있지. 나는 바람 소리에서도 기계의 소음에서도 음악을 느껴. 소리를 내는 모든 사물은 악기가 아닐까. 프리재즈를 난해하다고 하지만 아방가르드도 감동을 줄 수 있어. 얼마든지 아름다울 수 있다는 걸 보여줄 거야. 때로는 달콤하게, 때로는 부드럽게.* 전위가 사라져가는 시대지만 나 같은 인간도 하나 있어야지. 안 그래? 오늘도 콩 한줌으로 끼니를 때워야 하는군. 어제 공연에서는 관객이 한명뿐이었어. 그래도 열심히 연주했지. 내일 클럽 공연에서는 조금 더 받을 수 있겠지. 내일은 「Out To Lunch」**를 처음 연주하는 날이야. 연기처럼 자유롭게 연주해야지. 밤이 늦었군. 쎄베리노 가젤로니 음악이나 들으며 자야겠어. 그의 플루트 소리가 나를 덮

어줄 거야. 나도 언젠가 늙어 죽겠지. 아프리카에서 죽었으면 좋겠어. 사바나에서 고요히 배고픈 짐승들에게 내 몸을 나눠줄 거야. 짐승들이 나를 먹는 소리도 내가 분 색소폰 음들처럼 허공으로 사라지겠지.

* 에릭 돌피의 곡 「Something Sweet, Something Tender」에서 변형함.

** 1964년 2월 에릭 돌피 최고의 음반이자 아방가르드 재즈의 걸작으로 꼽히는 앨범 'Out To Lunch'를 녹음하고 같은 해 6월 찰스 밍거스와 유럽 투어 중 베를린에서 당뇨병 합병증으로 사망한다. 그의 나이 36세였다.

버들향

지금 내 뺨을 예민하게 스쳐 지나간 것은 어느 꽃의 어여쁜 향기인가. 버드나무인가. 풍금 소리인가. 고목(古木)의 느린 호흡과 향(香)을 간직하고 있는 자만이, 죄 없는 아가의 눈망울을 닮은 저 아가씨를 볼 수 있다. 나뭇잎의 내음, 바람이 전하는 노래 속에서 거역할 수 없는 큰 눈 끔벅이는 소리를 들었다. 비가 오고 있었지만 빗소리는 들리지 않았다.

태동

1949년 녹음된 장고 라인하르트의 「Minor Swing」을 튼다. 내 목소리와 장고의 기타 소리에 유독 태동을 많이 하는 아기. 나를 만난 적도 없는데 내 목소리를 알고 있다. 기타를 본 적도 없는데 기타 소리를 알고 있다. 소리만 들리는 어둡고 따뜻한 방에서 리듬 타는 아기. 백열등 아래 먼지들이 춤을 추는 소리. 벽시계도 박자를 맞추고. 씨클라멘의 잎사귀가 떨리는 소리. 태아는 모든 소리를 귀로 먹는다. 밤에는 나와 아내의 잠꼬대를 먹는다. 태어나면 나와 이 음악의 맛이 낯설지 않을 것이다.

내 눈은 지독한 안개를 앓고 있다

버스 안에 안개가 잔뜩 끼어 있었다
차창 밖의 사람들
유적처럼 정지해 있고
시계의 초침이 사라져가고 있었지만
버스는 속도를 늦추지 않았다

안개 가득한 사방에서
갈매기 소리만 들렸다
진(鎭) 너머에는
풍금과 해금이 만든 바다가 있다
바람이 불고 비단현 두 줄이 떨리면
공명상자에서 바다가 쏟아졌다

풍광,
연둣빛 등대
바다의 돌은 달을 종교로 삼는다
독한 안개 속
내 눈동자의 남로(南路)에서

어린 나는 하루 종일
들어오는 모든 배를 바라보고 있었다

묵은 내 눈의 무게를 달래며 포좌에 누웠다
등대 위, 그물로 짜여진 사람이 손을 흔들었다
이봐, 달은 이제 그만 마시게
충분히 축축해졌으니

포가 쏘아지자
나는 바닷물로 흩어져 바다 전체에 흐르고 있었다

침묵은 약속이 되어

오은에게

우리의 침묵과 약속한 대로
너는 사막을 건너왔다
타클라마칸*을 지나
고비 사막에서 잠시 길을 잃었을 때
나도 길을 잃고 취해 있었다 아우야
사막의 밤이 얼마나 추웠겠는가!

네가 고비를 넘지 못했다면
나 역시 고비를 넘지 못했을 것이다
늑대의 잇몸과 취기가 사라진
미로의 그림이 새겨진 술잔만 남아 있었을 것이다
하나의 몸부림,
하나의 희망이 사라진 것보다
난 더욱 많은 말을 잃었을 것이다
그러면서도 침묵을 사랑하지 않았을 것이다

고장난 시계를 모으다가 숲을 잃어버렸다
더이상 바람이 불지 않았다

만나지 않을 때에도
우리는 계속 만나고 있었다

빛나는 너의 안경 속의
별과 삼각형들이 커다란 원을 만들고 있었다
그곳에서 네가 다시 태어났다
이제 귀가 하나 더 늘었으니
모래바람과 낙타의 눈물을 음악으로 들을 수 있겠다

*타클라마칸 사막은 '돌아올 수 없는 사막'이란 뜻을 가지고 있다.

유실물

김수영의 「어느날 고궁을 나오면서」 풍으로

지갑을 잃어버렸다 고궁과 같은 거창한 곳도 아닌
아무런 음모도 음탕도 없는 도봉산에서

왜 나는 조그마한 일에만 분개하는 것일까
하필 돈을 많이 넣은 날 잃어버렸다고
라이트 밀즈처럼 늘 깨어 있어야 한다고 나불대면서도
남들 속에 묻어 있기를 좋아하고
열심히 사는 것과 치열하게 사는 것도 구분 못하고
술집 주인이 술값 더 받는 건 아닌지 의심이나 하고 따지고
술집에서만 소리를 높이고
이라크전 파병도 술집에서만 반대하고
한참 비켜서 있으면서도 그것이 비겁한 것이라는 것조차
모르고

내가 지갑을 잃어버린 날
티베트에서는 많은 사람이 죽었다
그들의 부당한 죽음 대신에
고작 잃어버린 오만원이나 아까워하고

휴지통에 지갑을 버렸을 놈만 증오하고 있는가
먼지야 나는 얼마큼 작으냐
제주 프라하 아르헨띠나 광주 천안문 티베트…
피를 빨아먹고 자라는 봄의 역사는 되풀이되고 있는데

내가 십오년 동안 지갑을 지키면서 잃어버린 것들은 무엇인가
음악을 하겠다는 고등학교 때의 꿈도 잃어버리고
시만 쓸 수 있다면 밥벌이는 아무래도 상관없다던 그때의 초심도 잃어버리고
안정된 직장을 그리워하며 하루하루 아등바등 살고
우습지 않으냐, 그동안 지갑은 지켜내면서도
몇번 찾아온 사랑도 지켜내지 못하고
개새끼, 지갑을 백번 잃어버려도 싼

모래야, 먼지야,
나는 얼마큼 존재하고 있느냐

향수병 속의 홍수

심장이 부풀어올라 가슴이 꽉 찼어요
이 정도의 소금으로는 치료할 수 없어요

이건 방부제일 뿐
넌 시체도 썩지 않을 거야

향수병 속의 홍수
늑대와 개들이 뒤섞였다

비겁한 마을
이곳은 멀리서만 그리워해야 했는데
나는 습기 찬 채로 서 있다가

물이 무릎까지 차도 계속 걸었다
구두가 벗겨져 떠내려가고

구두를 찾을 때쯤 연락할게요
바퀴 달린 말이 따라오고

쓰러진 자전거는 수묵화 같은 눈을 껌벅이고

녹(綠)

이십년 넘은 아파트에서 녹물이 나온다. 녹물로 밥을 지어 먹고 녹차를 끓여 먹고 양치를 했다. 녹물을 많이 마시면 우울해진다. 종일 무기력하고 졸음이 쏟아진다. 눈물에서 쇳가루가 검출되었다. 머리가 녹슬고 가슴이 녹슬고 내가 아는 사람들의 이름도 녹슬었다. 노란색을 보면 우울해진다. 노란 나비가 나에게 침을 뱉는다. 노란 꽃도 싫어지고 은행나무 잎도 싫어졌지만 난 노란 살덩어리가 되어 누런 오줌을 싸고 있었다.

목소리만 들리는 꿈

비 떨어지는 소리 사이로 아버지의 목소리가 들렸다. 기한이 다 되었으니 네 방의 책을 모두 버리겠다. 배경이 너무 어두워 아버지의 모습이 잡히지 않았다. 아버지 곧 가져갈 거예요. 그냥 두세요. 넌 약속을 지키지 않았어. 단호한 목소리가 사방으로 흩어지고 숨결의 흐름이 너무 빨라 그 목소리를 쫓아갈 수 없었다. 아버지의 숨소리를 찾아야 하는데 난 그만 어두운 빈방에 갇혀버리고 말았다. 어찌 된 일일까 아버지가 내 책들을 갖다 버리신 지 삼년이 넘었는데 이런 꿈을 꾼 것은… 아버지의 고함을 흘리기 위해 나는 멍한 아이가 되어갔다. 어둠속에서 한 어린아이가 겁먹은 눈으로 나를 쳐다보았다. 가여운 내 아버지!

성

두더지가 모래성을 지나 나의 미간(眉間)에 도착했을 때에도 쉬지 않고 바람 소리가 들렸다. 오른쪽 눈동자 속에서 비둘기들이 부화했다. 톡톡 동공에 금이 간다. 비둘기들이 내 눈을 박차고 나와 독수리처럼 날았다. 두더지는 납작 엎드렸다. 내 눈두덩은 동굴이 되었다. 동굴 안에 박쥐가 가득하다. 박쥐들은 열매처럼 매달려 있고 비둘기들이 일제히 돌아와 열매를 따 먹는다. 웅덩이와 철조망을 지나온 두더지는 물고기 밥을 먹기도 하고 개 사료를 먹어보기도 했다. 두더지는 화요일로 들어가 나의 해골을 파먹었다. 수요일에서 돌아온 두더지는 온몸에 성기(性器)를 주렁주렁 달고 빗물을 뚝뚝 흘리고 있었다. 나는 펴지지 않는 우산을 들고 서 있었다. 머리 위로 비둘기떼가 날았다. 비둘기보다 더 많은 박쥐들을 토해냈다. 죽은 박쥐들이 비처럼 내렸다.

제4부

죽음 다스림

초봄

나무에 죽은 새들이 피어 있었다

그때 아름다움이 없던 것은 아니나
'아름다움'이라는 글자가 없었다

새들이 열매를 뱉어내었다
붉은 동그라미들이 떨어졌다

태양 몇개가 튀어올랐다

샤먼의 축제 -1

2012년 가을, 퇴근길에 우연히 돌린 라디오 FM 93.1MHz '흥겨운 한마당'에서 난생처음 들어보는 음악이 나오고 있었다. 분명히 한국어로 노래가 나오고 있었지만, 이것은 이 세상의 음악이 아니라는 느낌이었다. 샤머니즘과 아방가르드의 결합이랄까. 계속 변화하는 박자 속에서 정확히 이해할 수 없는 남자와 여자의 대사와 구음이 흘러나왔다. 깊은 별천지의 소리 같았다. 곡이 길어 곡이 끝났을 때 집에 거의 도착해 있었다. 진행자 김윤지 아나운서는 김석출 일행의 '동해안 별신굿' 중 「골매기굿」이라고 했다.

이후 김석출 선생에 대한 다큐멘터리가 있는 것을 알고 찾아보았는데 한국인이 아닌 외국인들이 만든 「땡큐 마스터 킴」이라는 다큐였다. 싸이먼 바커라는 호주 재즈 드러머가 우연히 김석출 선생의 음악을 듣고 감동을 받아 그를 만나기 위해 한국에 몇차례 찾아왔지만 김석출을 아는 사람이 없어 허탕을 치다가 결국에 선생이 돌아가시기 며칠 전에 극적으로 만난다는 내용이었다.

김석출 선생의 음반을 구하기 위해 노력했지만 선생 혼자 녹음한 '높새바람'과 외국 뮤지션들과 녹음한 '결정판' 두장이 고작이었으며, 김석출 일행의 진수라고 할 수 있는 '동해안 별신굿'은 구할 수가 없었다. 선생이 중요무형문화재 명예보유자임에도 남아 있는 음반이 거의 없어 놀랐다. '흥겨운 한마당'에 어떤 음반인지 문의하였으나 "KBS FM과 국립국악원에서 출반한 음반에 있습니다만 비매품이라 구하기 어려우십니다. 신청하시면 다음 주에 다시 들려드리겠습니다"라는 대답만 들을 수 있었다.

얼마 후 퇴근길에는 김대례 일행의 '진도 씻김굿' 중 「초혼지악(招魂之樂)」을 들었다. 혼을 음악에 초대하는 그 곡은 록음악보다 헤비하고 오케스트라보다 장중했다. 마찬가지로 음반을 구하기 위해 노력했지만 김대례 선생이 중요무형문화재 명예보유자임에도 남아있는 음반은 거의 없었다. 제대로 녹음된 '진도 씻김굿'의 일부는 고(故) 손아선 씨가 '사운드 스페이스'라는 레이블에서 애초 이익을 염두에 두지 않고 기획한 국악앨범 선에서 간신히 들을 수 있었다. 김대례 선생은 2011년에 이미 고인이 되셨다.

많은 이들이 얘기하듯, 고대 샤먼의 제의(祭儀)에서 예술이 시작되었다. 주술적인 시(詩)가 읊어지고 말에 맞춘 리듬과 선율이 음악이 되었다. 박자에 맞추어 춤이 시작되었다. 긴 시는 소설이 되었다. 모든 언어와 음과 몸짓은 상징이 되었다.

참고 음원

• 「샤먼의 축제」 1, 2, 3의 「초혼지악」 「손님굿」 「길닦음」
—'巫樂 진도 씻김굿', SOUND SPACE(1992), E&E MEDIA (1994) 재발매.

• 「샤먼의 축제」 4, 6의 「문굿사물 」 「호적산조」
—일본 음반회사에서 기획하고 발매한 앨범 '동해안 별신굿'을 서울음반에서 역수입했다고 하나 현재는 도저히 구할 길이 없어 mp3로 구입하여 들음.

• 「샤먼의 축제」 5의 「골매기굿」
—KBS FM '흥겨운 한마당' 2012년 9월 25일 방송분. KBS FM과 국립국악원에서 출반한 비매품 음반에 수록되어 있다고 함.

샤먼의 축제 0

죽은 자는 말이 없고
산 자도 말이 없다

숨을 쉬어라,
잊혀진 신들이여

간혹 나는 나와 하나가 되고 싶다

샤먼의 축제 1

김대례 일행의 '진도 씻김굿' 중 「초혼지악」

바다 끝에 널브러진 용
　　　　넋주발은 밥그릇
수구전은 망자의 집
　　　　　　　건명기가 흔들리고

흰옷이 차려지고
상이 차려지고
　　음악이 차려지면
　　　　　사람들이 차려진다

쇠가 끓는 소리에
　　　　돌의 껍질이 벗겨지더니
　　돌의 속살이 찢어져
　　돌이 만들어진 시간이 쏟아졌다

　　　　　　천년 전 매미의 유충들이
　　　　　　　모든 독을 뚫고
　　　　용암으로 흐르고 있었다

천년간의 매미 울음이 우렁차게 울렸다

소리가 녹아
애를 밴 소가 되었다

눈먼 새끼를 낳고 잠든 새벽이었다

샤먼의 축제 2

김대례 일행, 이완순 소리 '진도 씻김굿' 중 「손님굿」*

그물에 걸려
　날개를 다쳐 날지 못하는 물고기
　　　　물고기 배를 가르니
　　　밥알이 치솟는다

가른 배를 봉합하고
　쑥물에 헹구고
핏자국에 땀과 입김을 떨군다

　　　　　　　다시 하늘로 돌려보내자 바다와 만난다

* '손님'은 '마마(천연두)'를 의미한다.

샤먼의 축제 3

김대례 일행의 '진도 씻김굿' 중 「길닦음」

넋이 담긴 배

처음처럼 두려움 없이

맑은 선율을 하늘에 그리며

하얀 천으로 출항한다

피눈물이 투명해질 때까지

먼 길 멀미도 없이

식구들의 숨 손가락 끝에 떨구면

마지막 음악이 되고

구름 흩어지니

하늘길이 열리고 배가 간다

점점 작아진다

남은 자들은 물고기처럼 글썽였다

촛농이 떨어지다 그쳤다

샤먼의 축제 4

김석출 일행의 '동해안 별신굿' 중 「문굿사물」

푸너리 푸너리… 장구재비의 손이 쉼 없다 내 눈동자가 녹았다 얼어붙었다를 반복하더니 갈라지기 시작한다 화끈거렸다 찢어진 동공 사이로 죽은 닭들과 꽹과리 소리가 흘러나온다 짓물러진 눈썹이 같이 묻어나온다 여너리 여너리… 흔들리는 잎새 위로 거미들이 기어다닌다 태평소가 낙타처럼 울었다 나는 진흙을 토해냈다 흙으로 된 짐승들이 불타면서 춤을 추었다 나의 고장난 뼈들도 춤을 추었다 푸너리 여너리… 해일처럼 징이 울린다 사람들의 귀가 사방으로 찢어졌다 익사한 검정 장화가 널뛰며 논다 너더리 너더리… 너덜경에 매달리다

애벌레가 꿈틀거리는 시간
변성기의 첫날,
나비 한마리
겨울밤 속으로 사라진다

샤먼의 축제 5

김석출 일행의 '동해안 별신굿' 중 「골매기굿」

바위에 떨어진 햇빛들을 계속 줍다보면 마을 땅을 처음 밟은 할배 할매가 사이좋게 살던 때의 빛을 만난다 그때의 햇살과 비와 바람이 만나는 곳에서 한판 놀다보니 할매의 자손이 이렇게 많아졌다오 한집 건너 하나씩은 해랑신이 데려간 혼이 있다 두 손을 모으게 하는 무서움, 먹여살려주면서 죽이는 바다… 할배 할매도 숨죽이며 보았을 저 죽음들… 작은 몸 안에 이토록 많은 눈물이 숨겨져 있다니… 눈물이 더해져 바닷물은 더 짜졌으리라 청좌하오니 그 아픔을 아는 골매기여 해랑신에 맞서 싸워주소 마을을 지켜주소 바다의 맥박을 지나 바람의 심장을 지나 태양의 머리카락을 지나… 바다에 묻힌 아버지들 혼이 귀만 두고 갔으니 소리로 위안해주소 바다에 던져진 북어가 돌 틈에서 숨을 쉬고 있었다

샤먼의 축제 6

김석출 일행의 '동해안 별신굿' 중「호적산조」

하늘로 올라간 연기들
　　　　　　　빗소리가 되어
　　　　　　　　　　　몸 안으로 내린다

허튼 가락
　　　한줌의 꿀만큼 달다

　　　발바닥을
더듬는다 바닥이 흥건하다

　　들목에 솟대 하나 서 있다
　　　　물속에서 나온 오리 하늘로 튀어오른다

　　　　　　　　　　　　달이 여러조각으로 쪼개졌다
　　　　　　　　　　　　떨어지지 않고 그대로 있었다

죽음은 계속 피어나고

사십년간 땅을 파다보니 이제 힘에 부치네. 그래도 사람 죽으면 나야 뭐 할 일이 있나. 적당하게 땅을 파주면 관이 들어오고 흙 좀 덮으면 유족들이 알아서 땅을 잘 밟아준다네. 황천길 노잣돈을 좀 요구하기는 하지만 너무 책망 말게나. 내 벌이가 얼마 되나. 나도 노모와 처자식이 있다네. 사람들이 죽기를 바라는 건 아니지만 죽어야 나는 산다네. 그래서 가끔 울적하네. 내가 원하지 않아도 겨울이 지나면 들꽃과 잡초들이 올라오듯 죽음은 끝이 없으니까. 오늘 죽은 사람은 가족묘에 묻혔네. 젊은 나이에 죽었다더군. 물어볼 수 없었지만 가족들 눈빛을 보니 십중팔구 자살이라네. 죽기엔 좀 이르지만 어쩌겠나. 벌레들도 먹고살아야 하니까. 그래도 무덤이 있는 사람들은 행복한 걸세. 얘야, 꽃을 꺾었구나. 가지고 이리 와보렴. 꽃의 무덤을 만들어줘야지.

| 해설 |

음계(音界)의 안복(眼福)

조강석

1

어쩌면 흔한 비유가 될지 모르나, 정재학의 새 시집이야말로 잘 짜인 4악장의 구조를 지니고 있다고 할 수 있다. 음악과 관련된 소재가 많이 등장해서가 아니라, 근본적으로 이 시집이 세계의 음사(音寫)를 언어로 실현하려는 일종의 공감각적 아포리아에 도전하고 있기 때문이다. 친절하게도 정재학은 2부의 부제를 '내 펜이 악기다'라고 적고 있는데, 아마 이렇게 적을 때 그는 하나의 욕망과 짝을 이루는 절망을 알고 있었을 것이다. 마치 세살 때 시력을 잃고도 만인에게 소리의 안복(眼福)을 선사하는 환상곡을 쓸 수 있었던 호아낀 로드리고처럼 음으로 세계를 하나씩 펼쳐 보일 수 있으리라는 기대와, 이를 위해 언어라는 형이상학적 매개를 물적으로 사용하면서 시시각각 접할 수밖에 없는 열패감이 이 시집의 근본적 아포리아를 이루고 있다. 그러나 이처럼 아름다운 아포리아라니……

한국현대시에서 세계의 음사를 목표로 시 쓰기를 일신하고자 한 전례 중 기억될 만한 것으로는 조연호의 『천문』을 꼽을 수 있다. 그렇기에, 서두에서 미리 섣부르게 말하기 겸연쩍지만 감히 말해보자면, 세계를 언어라는 음악으로 분광(分光)하는 필경사로서 정재학과 조연호를 우리 시의 가장 각별한 지음(知音)이라고 할 수 있을 것이다. 지음의 일에 군말을 덧붙이는 일만큼 곤혹스러운 것이 또 어디 있을까. 정재학은 독자에게 고스란히 감상과 해석의 아포리아를 인계한다. 그리고 어쩌면 그것이 그의 비기(秘技)일 것이다.

2

시집의 첫 독자로서의 관견기 혹은 청음기를 각 부의 순서에 따라 적는 것은 필자로서는 처음 있는 일이되, 그것이 유독 이 시집에 요청되는 까닭은 앞서 밝힌 바와 같이 이 시집이 각별히 공들인 4악장의 구성을 지니고 있기 때문이다. 이미 이 시집의 구성 자체가 하나의 리듬을 이루고 있다고 말할 수 있을 것이다. 그리고 그것은 주제의 측면에서도 세가지 차원의 대위법을 형성한다. 소리와 비전, 성과 속, 죽음과 삶이 곧 주제의 차원에서 이 시집의 리듬을 형성하는 동기들이다.

> 숨을 길게 내쉬다가 나는 그만 다시 흐르기 시작하고 너에게 가는 길은 모두 건반이 되고 너는 한 음 한 음 정성껏 연주한다 잠시라도 네게 고여 있고 싶었지만 낮은 음으로 너무도 빨리 흘러 너는 먼발치에 있었고 네가 누르는 높은 음역이 들리지 않을 정도로 멀어졌을 때 나는 더이상 흐르지 못했다 내 몸은 증발하기 시작하고
>
> 너는 나의 모든 음을 듣지 못하고
> 나도 나의 음을 더이상 듣지 못하고
>
> —「모노포니」 부분

> 얘들아 이곳의 공기는 안전해 아이들 곁에 가서 머리를 쓰다듬었다 연필을 빨지 말라고 했잖니 이 게임은 너무 지겨워요 내 눈에서 지지직 소리가 났다 그런데 다들 교과서를 가지고 오지 않았구나 교과서가 없어도 괜찮다 내 설명만 잘 들으면 돼 맨 앞에 앉아 있는 아이의 손가락에서 피가 흐르고 있었지만 물어뜯기를 멈추지 않았다 아이의 입에서 손가락을 억지로 떼어내려는데 삐익, 날

카로운 기계음이 들렸다 탕 속의 물에 얼굴을 비추어보
았다 모니터가 내 몸통 위에 달려 있었다 아이들이 내 얼
굴을 보고 다시 게임을 시작한다 1교시가 끝나도 다시 1
교시였다

—「캐코포니」 부분

이 시집의 1부는 생활과 속(俗)의 리듬을 담고 있다. 인용한 두 시에 음사된 바를 통해 그것을 주제적인 측면에서 증언하자면, 조화로운 전체를 구성하지 못하는 모노포니들의 불협화라는 말로 설명할 수 있을 것이다. 「모노포니」는 음계가 다른 존재자들이 서로의 음을 듣지 못하는 현상을 적시하며 어긋나는 단선율들의 각기 다른 속내들이 제 음계 안에서만 횡행하는 것이 삶의 한 국면임을 보여준다. 또한 「캐코포니」는 "내 설명만 잘 들으면 돼"라고 말하는 이와 "이 게임은 너무 지겨워요"라고 말하는 이들의 고집스러운 모노포니들이 만드는 불협화를 삶의 한 양상으로 제시하고 있다. 그러니 실상 모노포니와 캐코포니는 최선의 선의조차 불협화를 이룰 수밖에 없는 삶의 한 사실관계를 지칭하는 음사의 양상들이라고 할 수 있을 것이다. 1부에 실린 '흑판' 연작 역시 바로 이 동기의 변주라는 맥락에서 살펴볼 수 있다.

> 무지개의 정상에 오르면 무지개는 사라지고 흑판만이 남는다. 흑판 뒤에는 다른 흑판이, 그 뒤에 또다른 거대한 흑판이 모든 색을 집어삼키고 있다.
>
> —「흑판 4」 부분

이 소재는 실제 생활의 실감에서 온 것이 틀림없겠지만, 앞서 살펴본 모노포니와 캐코포니의 관계를 색과 음의 차원으로 변주한 것으로 여겨도 무방할 것이다. 그런데 주의할 것은 이것이 비관의 정서와는 관계가 없다는 것이다. 정재학의 새 시집과 가장 거리가 먼 것은 정서적 동요이다. 말하자면 모노포니와 캐코포니는 슬픔과 절망을 표현하기 위해 삶의 배경음악(BGM)으로 활용된 것이 아니라 이미 삶의 리듬 그 자체라는 것이다. 음악을 활용하는 이는 음으로 삶을 인지하는 이와 가장 멀다. 어쩌면 이것이 김기림 이후 한국현대시에서 매번 지성과 시의 결합이 필요할 때마다 비판의 대상으로 소환되어온 음악이 시에서 스스로 자기항변하는 가장 결정적인 방식일지 모른다. 음악이 시의 배경음악으로서 정서의 고양과 관계되는 것으로 간주될 때, 그 지나친 감상성을 비판하며 시인들은 종종 회화를 시에 도입했다. 이것은 2000년대 이후 최근 시에까지도 있어온 일이다. 그런데 음악이 더이상 시에서 배경음악으로 기능하기를 그만두고 삶의 다른 몸으로 자신을 던질 때, 삶으로서의 음악, 음악으로서의 삶에 대한 수용체를 지닌 언어는 시에서 군악대가 아니라 스스로 심장이 된다. 정재학의 음사라는 사태가 확연히 변별되는 지점은 바로 여기이다.

3

'내 펜이 악기다'라는 부제를 지닌 2부는 배경이 아니라 삶의 다른 몸으로서 음악이 스스로를 어떻게 전개하는지를 밀도있게 탐색한 두편의 시를 담고 있다. 1부가 생활의 음악적 변주라면, 2부는 음악의 생활을 담고 있다고 말하는 게 좋겠다. 2부의 첫 시 제목에, 즉 '여덟개의 악기가 뒤섞인 크로스오버적인 방의 공기 알갱이를 흡입한 기록들'이라는 말 속에 그 사정이 이미 적시되어 있다. 인상파 화가들이 한 공간에서 시시각각 태를 달리하는 빛의 작용을 어떻게 표현할까를 두고 골몰했던 일을 떠올리게 하는 이 시에서 공간은 음악-수용체를 지닌 언어를 통해 회화적으로 변주되고 있다. 공간의 여덟가지 음악적 얼굴을 언어로 음사한 이 시는 이 시집에서 이미 한국현대시를 '크로스오버'하고 있는 정재학의 방법론을 미필적으로 잘 드러내준다. 어쩔 수 없이 유려한 리듬에 대한 틈입자가 되어 일부만 예로 적시해보자.

2. 피아노

열개의 손톱이 잠들어도
빛이 사라지지 않는다

백야와 열대야를 동시에 질주하는
작은 열차

모든 역마다 키스하는 소리가 울렸다

(…)

7. 콘트라베이스

音階, 音界
가장 낮은 곳으로

둔탁하고 평화로운 연못
응고된 아침

구겨진 눈동자

서서히 부풀어오른다

흥미로운 사고실험 중에 '몰리뉴 문제(Molyneux's problem)'라는 것이 있다. 이는 소위 '순수한 눈'의 가능성에 대한 것으로, 윌리엄 몰리뉴(William Molyneux)가 처음 제기하고 존 로크가 『인간 오성에 관한 에세이』에서 주목하면서 유명해졌다. 요지는 이렇다. 장님으로 태어나 단지 촉각에 의해서만 정육면체와 구(球)를 분별할 수 있었던 사람이 어른이 되어 갑자기 눈을 뜨게 되었을 때 시각에 의해 정육면체와 구를 구분할 수 있겠는가 하는 것이 문제의 핵심이다. 그런데 철학자들이 수세기에 걸쳐 대답을 구해오고 미학자들이 함께 궁구했던 이 문제에 대한 가장 현명한 답신은 형이상학이나 미학의 편에서 전송될 수 있는 것이 아닌지도 모른다. 2부의 두번째 시를 보라. 이 시의 제목은 '어느 귀인을 위한 환상곡'이다. 동명의 곡을 쓴 스페인의 작곡가 호아낀 로드리고에게 바치는 일종의 헌정시라고 할 수 있는데, 이 시를 음악에 대한 언어의 헌정 혹은 음악의 다른 몸을 꿈꾸는 언어의 헌정이라고 고쳐 부를 수 있을 것이다. 잘 알려져 있듯 호아낀 로드리고는 세살 때 시력을 잃었다. 그러나 그의 음악은 우리가 눈을 뜨고 있어도 인지하지 못하는 세계의 다른 부면을 우리 귀에 명시한다. 전치(轉置)를 통한 발견 중 이렇게 아름다운 것이 또 있을까? 누군가 그에게 몰리뉴 문제를 환기시킨다면 오히려 그는 좀처럼 이성적 대우를 받기 어려울 것이다. 정육면체와 구는 이미 그의 음악 안에서 또다른 몸으로 환생하고 있을 뿐이다. 이 단순한 사실관계를 적시하는 것이 바로 예술이다. 그러니까 정재학의 「어느 귀인을 위한 환상곡」 역시 동명의 음악을 언어로 풀어낸 것이 아니라 음악과 지음이 되고픈 언어를 통해 이를 시적으로 전신(轉身)시킨 것이라고 할 수 있다. 바로 그런 맥락에서 「여덟개의 악기가 뒤섞인 크로스오버적인 방의 공기 알갱이를 흡입한 기록들」을 감상하면 된다는 데 몰리뉴도 큰 이견은 없을 것이다. '音階'는 바로 '音界'이니까.

4

그러니 3부는 바로 그 방법론을 통해 삶이라는 음계(音界)의 다채로운 부면을 탐색한 기록이라고 할 수 있겠다. 다시 4악장의 비유를 가져오자면 3악장에서는 조금 더 리듬이 간결해지면서도 동시에 다채롭게 변주되는 양상이라고 할 수 있겠는데, 시인 스스로는 부제에서 '꼴라주'라는 표현을 사용했다. 음악과 비전이 여기서 다시 회전한다.

비 내리는 오후, 건널목이 물감처럼 번져 계단으로 흐른다 건널목이 그리는 선율은 그리 복잡하지 않았지만 내 몸에 굴러다니는 금속성 음향과 겹쳐져 이름 모를 나라의 언어처럼 기억하기 어려웠다 계단에 하얀 말이 박힌 채 허우적대고 있었다 얼굴, 다리, 다리, 얼굴, 다리… 앞발의 굽은 거의 닳아 못이 휘어져 있었다 목덜미와 다리에 상처가 깊어 함부로 끌어당길 수도 없었다 그렇게 백마는 계단 속에 잠겨버렸다 죄책감에 흰색이 보일 때마다 손바닥에 구멍이 하나씩 났다 집으로 가는 길에 장난감 카메라를 주웠다 빗줄기 속에서 셔터를 눌러본다 구멍 속에 가보지 못한 낯익은 유적들이 흘러갔다 그곳에 하얀 비가 내리고 있었다

—「미시적인 오후」 전문

시의 앞부분에 회전의 전모가 명시되어 있다. 비 내리는 어느 오후에 "건널목이 물감처럼" 번지는 것, 그리고 그것이 선율이 되어 "내 몸에 굴러다니는 금속성 음향"과 겹치는 것, 그리고 그 음악이 번역되지 않는 언어로 현상하는 것 등이 그것이다. 말하자면 시각적 비전과 음악 그리고 언어가 한데 엉켜 있는 셈이다. 아니, 보다 정확하게는 하나의 사태가 비전으로, 음악으로, 그리고 언어로 양태를 달리해 유출되는 사태가 있다고 말하는 게 좋겠다. 상처투성이인 채로 물속 계단에서 허우적거리는 백마가 지시하는 대상이

무엇인지를 굳이 풀 필요는 없을 것이다. 그것은 사태를 흐름과 선율과 비분절적 언어로 유출시킨 어떤 심적 상태일 것이며, 따라서 그것은 비 오는 날 반추되는 삶의 한 양상일 것이다. 그러니 때마침 집으로 가는 길에 우연히 장난감 카메라가 놓여 있던 것이 아니라 세가지 양태로 유출되는 삶의 한 형상이 명료하게 어림잡히지 않기에 카메라가 그 자리에 요청된 것이라고 할 수 있다. 들여다볼 수 있으되 채집될 수 없는 장면의 흐름과 거기서 파생되는 선율, 그리고 지나온 삶의 의미에 대해 해석의 곤궁으로만 치닫는 언어가 구성하는 다중렌즈에 삶의 "낯익은 유적들"이 명료한 반성과 계획의 결정(結晶)도 없이 흘러갈 뿐이라는 것은 시의 내적 현실에 비추어 충분히 합당하다. 따라서 비 내리는 어느 예사로운 오후란 모든 감각이 깨어나는 오후이되, 지나온 모든 것이 다 유적인 삶이 다면적으로 몸을 들이미는 전혀 예사롭지 않은 내밀한 오후일 것이다.

지금 내 뺨을 예민하게 스쳐 지나간 것은 어느 꽃의 어여쁜 향기인가. 버드나무인가. 풍금 소리인가. 고목(古木)의 느린 호흡과 향(香)을 간직하고 있는 자만이, 죄 없는 아가의 눈망울을 닮은 저 아가씨를 볼 수 있다. 나뭇잎의 내음, 바람이 전하는 노래 속에서 거역할 수 없는 큰 눈 끔벅이는 소리를 들었다. 비가 오고 있었지만 빗소리는 들리지 않았다.

—「버들향」 전문

안개 가득한 사방에서
갈매기 소리만 들렸다
진(鎭) 너머에는
풍금과 해금이 만든 바다가 있다
바람이 불고 비단현 두 줄이 떨리면
공명상자에서 바다가 쏟아졌다

—「내 눈은 지독한 안개를 앓고 있다」 부분

인용한 두편의 시에도 음악과 비전이 언어를 매개로 회전하는 단적인 양상이 잘 드러나 있다. 여기서도 언어는 어떤 정서적 부침에도 배경으로 활용되지 않으면서 스스로 세계의 사실관계를 탄주한다. 「버들향」에서 "비가 오고 있었지만 빗소리는 들리지 않"은 까닭은 빗소리가 이미 "큰 눈 끔벅이는 소리"로, "고목의 느린 호흡"으로, "바람이 전하는 노래"로 전신(轉身)했기 때문이다. 그리고 그런 연쇄를 통해 음악은 비전으로, 비전은 다시 음악으로 회전한다. 사정은 「내 눈은 지독한 안개를 앓고 있다」에서도 마찬가지이다. "풍금과 해금이 만든 바다"는 비유가 아니다. 이미 이 비전은 소리를 질료로 양감을 얻은 것이다. 예컨대 시인은 "이제 귀가 하나 더 늘었으니/모래바람과 낙타의 눈물을 음악으로 들을 수 있겠다”(「침묵은 약속이 되어」)라고 공방(工房)의 비밀을 직접 토로하고 있으니, 이런 직핍함이 또 어디에 있겠는가. “바람이 불고 비단현 두 줄이 떨리면/공명상자에서 바다가 쏟아졌다”는 아름다운 리얼리즘은 그렇게 가능한 것이다.

5

일상의 불협화와 방법의 내밀함, 비전과 음악, 그리고 언어의 능숙한 전신을 넘나든 리듬은 4부에 와서 다소 장중해진다. ‘샤먼의 축제’ 연작은 ‘진도 씻김굿’과 ‘동해안 별신굿’에 대한 일종의 오마주라고 할 수 있는데, 종교적 제의이자 연행(演行)의 형식으로서 굿은 종합예술의 한 형태로 관심의 대상이 된다. 삶과 죽음을 매개하고 바로 그 매개를 양식화하는 굿에 관심을 기울이는 것은 4악장의 귀결로서 자연스러운 것이라고 하겠다. “바다에 묻힌 아버지들 혼이 귀만 두고 갔으니 소리로 위안해주소”(「샤먼의 축제 5」)라는 말이야말로 굿의 핵심을 잘 요약한 것이라고 할 수 있는데, 이는 굿의 모든 양식이 가장 ‘효율적으로’ 삶과 죽음을 매개하기 위한 것이기 때문이다. 그리고 그 핵심은 제의로서의 연행을 시종일관 이끌어가는 가락 곧 소리이다. 이 시집이 삶을 음사한 것이라고 재차 말할 수 있다면 이때 소리는 단지 삶을 재현하기 위해서 필요한 것이 아니다. 삶 자체가 이미 리듬의 일환이다. “들꽃과 잡초들이 올라오듯 죽음은 끝이 없으니까”(「죽음은 계속 피어나고」) 삶과 죽음은 개체의 존속 여부를 넘어 제 리듬으로 피고 지기를 반복할 따름이다. 죽음이 피고 삶이 지고, 삶이 피고 죽음이 지는 이치가 이미 리듬의 자기전개 안에 있을 따름이다. 4악장의 마지막 대목이 바로 그런 바로서의 리듬을 환기하고 있는 것은 거창한 형이상학에 이르고자 함이 아니며 선(禪)적인 성찰을 던져주고자 함도 아닐 것이다. 1부가 일상의 모노포니와 캐코포니로 시작되었음을 다시 기억해보자. 고집스러운 모노포니들의 불협화를 예민하게 감지하는 것으로 시작해서 삶과 죽음마저도 결국 리듬의 변주의 일환임을 보여주는 4부에 이르기까지 이 시집의 일관된 관심사는 바로 그런 변화무쌍한 리듬 자체일 것이다. 형이상학이나 성찰이 없어도 충실한 관견과 청음 그 자체만으로도 독자는 세계의 또다른 진면목을 발견할 수 있다. 어쩌면 한국현대시에서 미답의 절경 하나가 이제 막 분절되고 있는지 모른다.

趙强石 | 문학평론가

| 시인의 말 |

열세살, 첫번째 시를 쓴 날을 기억한다.

노을이 하늘의 반을 뒤덮은 저녁에 어떤 여자애를 생각하며 썼다.

그 무렵 시인이 되면 시집을 세권 정도 내고 싶다는 생각을 했다.

왜 그런 생각을 했는지는 기억이 잘 나지 않는다.

문단에 나오고 시집을 세권 내나 열권 내나 똑같다는 말을 들었다.

매서운 말이다.

세권 이후로는 변화가 쉽지 않다는 뜻이다.

시인으로서 세번째 시집을 내기 쉽지 않다는 의미도 담겨 있다.

또 어떤 이는 아무리 뛰어난 시인이라도
결국 시 세편으로 남는다는 더 매서운 말을 했다.

막상 세번째 시집을 묶으니 갈 길이 먼 것 같아 아득하고
모두 내려놓고 다시 처음부터 시작할 수 있어서 기쁘기도 하고
시 세편 못 남기더라도 계속 시를 쓸 수 있다면 족할 것 같다.

2014년 여름
정재학

창비시선 376
모음들이 쏟아진다

초판 1쇄 발행/2014년 7월 18일

지은이/정재학
펴낸이/강일우
책임편집/이상술
펴낸곳/(주)창비
등록/1986년 8월 5일 제85호
주소/413-120 경기도 파주시 회동길 184
전화/031-955-3333
팩시밀리/영업 031-955-3399 편집 031-955-3400
홈페이지/www.changbi.com
전자우편/lit@changbi.com

ISBN 978-89-364-2376-6 03810

* 이 책은 서울문화재단의 2014년도 문학창작집 발간지원사업의
  지원을 받아 발간되었습니다.

* 책값은 뒤표지에 표시되어 있습니다